오늘 햇살은 순금

#시가말을걸다

_이기철

오늘 햇살은 순금

시인의 말

앉은뱅이꽃이 제 힘을 다해 싹을 밀어 올리는 걸 보면
　　물 길어 주고 싶다

나비가 힘겹게 냇물을 건너는 걸 보면 내 등에 앉혀
　　건네주고 싶다

비틀거리며 어미 소를 따라가는 송아지를 보면 발이
　　아플까 신발을 신겨 주고 싶다

오롯하다는 말, 선연하다는 말, 살갑다는 말이 새삼
　　등을 때린다.

2024년 5월 1일 이기철

차례

시인의 말

1 　 꽃씨 떨어지는 세상 속으로

처음 온 오늘에겐 새 이름을 불러 주자　　13

그리움의 색동옷　　14

근심을 지펴 밥을 짓는다　　16

저녁에게 지붕을 맡겼다　　19

풀밭나라에서 안부를　　20

하루에 한 번만이라도 너의 삶을 칭찬해 주어라　　22

아침나라 일기　　26

등불 같은 이름　　28

어제오늘내일　　31

가을 부탁　　33

섬돌에 빗방울　　34

첫 햇살　　36

유혹하고 싶은 날씨　　39

고요에게 말 걸다　　40

겨울 각북리　　41

부엌에 시를 걸어 둔 사람　　42

오월이 온다는 것　　44

시를 쓰는 이유　46

기다림은 초록　48

참 좋은 사람 하나　51

기다림이 있을 때가 살아 있는 것이다　52

가슴이 백짓장 같은 사람　56

봄날은 백 겹　59

기쁨　62

행복　64

맑은 날　66

2　누구에게나 편애의 눈빛이 있다

참깨꽃 핀 마을을 아무도 몰랐으면 좋겠다　71

꽃　72

라일락이 피면 오세요　74

국화를 보며　77

가을에는 새 옷을 입고 싶다　78

단추꽃　80

여름 한낮　82

개나리꽃　84

앵두꽃　86

시가 아장아장 걸어올 때   88

풀들은 속옷이 아름답다   90

장미는 내가 피우지 않았다   92

벼룩풀 곁에서   93

목련 질 때   94

채송화에게 주는 헌사   97

숲   98

꽃잎 비명(碑銘)   101

제비꽃, 봄   102

나무에게   103

세계에서 제일 예쁜 동네   104

극빈   105

나무의 본적   106

하늘이라는 제목으로 시를 쓰고 싶었다   109

나비는 침략자   112

3   아름다움은 나의 신앙

지구가 한 살이었을 때   117

의자의 충고   118

갠 날 아침   120

불을 끄고 별을 켠다　　123

마음은 천 리　　124

멘델스존 듣는 아침　　126

시간은 누구의 편도 아니다　　128

아픈 사람을 위한 시　　130

너 때문에 물그릇을 엎지른다　　133

언제나 나는 최초라 생각하며 한 편의 시를 쓴다　　134

휘경이　　136

국어사전　　138

오늘은 헌 양복이나 수선해 와야겠다　　140

한 해의 약속　　142

너무 아름다운 것은 슬픔입니다　　144

기다림은 왜 이렇게 잘 자랄까요　　146

시인　　149

눈으로 했던 약속처럼　　150

짐짝　　151

쌀 한 톨　　152

오늘에게 드리는 인사　　156

후기

가나다순 시 찾아보기

1

꽃씨 떨어지는
세상 속으로

|

처음 온 오늘에겐
새 이름을 불러 주자

아침이 햇빛꽃다발을 들고 오면

잎새들은 서로 잊지 말자고 초록 잉크로 사인을 한다

아침의 신발에는 풀물이 배어 있다

먼 곳에서 불어와 길을 묻는 바람

사람들은 어제를 세수시켜 오늘의 의상을 만든다

오전의 맨살은 백로지같이 희다

나무들은 팔을 벋어 제 향기를 끌어당기고

아직 바느질에 서툰 아침이 은실을 꿰어

영원 가운데 한 번뿐인 오늘에게

없던 새 이름표를 달아 준다

내일은 오늘이 가닿을 미래

그리고 마음이 종잇장 같은 사람에겐

그대 마을은 따뜻한가, 라고

열 줄 안팎의 안부 편지를 보낸다

처음 온 오늘에겐 잊지 말고 새 이름을 불러 주자

그리움의 색동옷

그리로 그리로 가면 있을 줄 알았는데 그리로 그리로
　　가도 없어서 아린 마음이 그리움이다

돌아설까 돌아설까 발을 꾸짖으면서도 돌아설까
　　돌아설까 못 돌아서는 마음이 그리움이다

왼쪽으로 가려다 멎고 오른쪽으로 가려다 발을 돌리는,
　　가도 가도 제자리인 마음이 그리움이다

그 사이 보리가 패고 물 흘러가고 죽은 새의 깃털이
　　바람에 날리고 복사꽃 지고 단풍도 지고

그래도 한 발짝만 더 영원으로 서서 하루를 찬 돌 위에
　　세워 두는 마음이 그리움이다

단 한 번의 만남과 이별 그것으로 일생을 견디는 힘이
　　그리움이다

한 냇물이 다른 냇물을 만나러 갈 때, 한 바람이 다른 바람을 만나러 갈 때, 당신은 마음속에 피어 있는 한 사람을 만나러 간다. 그리움의 먼 길을 걸어온 이여, 염려하지 마라. 그리움은 마셔도 마셔도 남는 마음의 샘물이다. 그를 만나면 별에게서 배운 말을 옷깃에 걸어 주어라.

#이기철노트그리움의색동옷

근심을 지펴 밥을 짓는다

꽃씨 떨어지는 세상으로 내려가

꽃씨보다 더 작게 살고 싶었다

나뭇잎이 지면서 남긴 이야기를 모아 동화를 쓰고

병에서 깨어나는 사람의 엷은 미소를 보며

시를 쓰고 싶었다

저 혼자 나들이 간 마음이 날개가 찢겨 돌아올 때마다

가제 손수건으로 피 묻은 그의 얼굴을 닦아 주었다

어린 근심아

강을 못 건너고 돌아오는 네 얼굴의 슬픔

더 멀리 가려던 네 꿈이 새의 죽지처럼 꺾였구나

들판이 강물을 보듬고

남은 햇살이 하루를 껴안을 때

너의 몸이 종이쪽처럼 가벼워졌구나

악의를 씻어 국 끓이고 가시로 돋는 증오를 빗질하면

어느덧 마음 한편에 파랗게 돋는 새잎

모래의 마음이 금(金)이 되는 날을 기다려

내 손수 지은 색동옷 갈아입히면

칭얼대던 근심들이 하얀 쌀밥이 되어 밥상에 오른다

그때 나는 너에게 상처를 보석이라고

슬픔은 실밥 따뜻한 내복이라고

이 세상 가장 긴 편지를 쓰리라

근심이 눈발처럼 흩날려도

날개 찢긴 근심이 돌아와 갈아입을 옷 한 벌

다림질하리라

슬픔이 아닌, 눈물이 아닌

환하고 따뜻한 이야기를 모닥불처럼 나누리라

바람의 손이 내 머리카락을 만진다. 몸보다 더 큰 나의 근심을
저에게 나누어 달라고 바람이 불어온다. 일어서라고, 나아가라고
바람이 옷소매를 흔든다. 악의가 유순해지고 증오가 키를
낮춘다. 바람이 불어오면 내 안의 상처가 낫는다. 오래 지닌
상처가 보석이 된다.

#이기철노트근심을지펴밥을짓는다

저녁에게 지붕을 맡겼다

그렇게 살아왔으니 그렇게 살아가리라

노을이 내 얼굴을 만지는 걸 보며 생각한다

아름다운 것은 단명해서 헤어질 때 드릴 인사말을

나는 미처 예비하지 못했다

다만 오전이 데리고 온 하늘의 일들과

저녁이 감춰 둔 땅 위의 이름을

가슴속에 담아 두는 일은 잊지 않았다

은수저 부딪는 소리로 잘 가라 말해도

노을은 뒤를 돌아보지 않는다

멀리서 온 별이 서운할까 봐

창문을 닫는 것조차 미안해한다

아픈 사람이 조금씩 나으라고

이슬약봉지를 들고 어둠이 찾아온다

저녁이라는 말은 사람에게서 배운 말이다

나는 사람에게서 배운 말로

사람 사랑하는 시를 쓴다

풀밭나라에서 안부를

그대 한복판에 닿고 싶어서 내 발은 오늘도 그대 그늘
　　백 리 밖을 혼자 서성이네

내 몸 어딘가에 숨겨 둔 마음은 저 혼자 두근거려
　　제 무게를 간신히 견디네

우리가 풀밭이라고 말하는 초록나라의 자디잔
　　이야기는 사람의 귀로는 듣지 못하네

햇살 아래 햇살 아래 흐르는 냇물, 오라는 당부
　　없어도 내일이 온다고

혼자 나선 십 리 펄, 내게 온 오늘이 가장 아름다운
　　날이라고

걸어가는 등 뒤엔 한때 그리움이라고 말했던 사람의
　　이름이 쌓이네

흔들려 땅의 중심인 풀밭나라에 오늘도 햇볕은 단품
　　식탁을 차리네

반짝임이 언어인 초록 위에 혼자 노는 햇볕을
　　잡으려다 두 손만 데네

강가 모래밭에 점점이 찍힌 두 사람의 발자국, 가끔 모래톱을
씻고 가는 찰싹이는 은빛 물살, 강 저쪽에서 들리는 어린 물새의
울음, 바람에 파란 손을 흔드는 포플러 잎사귀, 떨어지는 햇빛은
순금. 가난해서 깨끗했던 한 사람의 생애, 그가 남긴 몇 줄의 시,
마음에 묻어 오는 옛날의 그림자.

#이기철노트풀밭나라에서안부를

하루에 한 번만이라도
너의 삶을 칭찬해 주어라

네가 행복해지고 싶거든

먼 길 걸어 너에게 온 삶을 칭찬해 주어라

꽃말 아니면 새의 노래

구름옷 아니면 바람의 외투

어떤 색 어떤 빛깔로라도

너를 찾아온 삶에게

리본 같은 예쁜 말로 칭찬해 주어라

나무가 가지에 새잎을 달듯

네 하루가 새로워지고 싶거든

노트의 페이지마다

사랑한다 고맙다고 아낌없이 써라

빨간 색연필론 시클라멘을

하얀 종이엔 백조라고 거푸 써라

그러면 너의 입술엔 루비 빛이

너의 눈가엔 무지개가 뜰 것이다

길을 가다가 우연히

발아래 떨어진 시집을 주웠을 때처럼

삶은 한 번은 우울해졌다가

한 번은 기쁨으로 다가온다

네가 참말 행복해지고 싶거든

하루에 한 번만이라도 헌옷이 된

너의 삶을 칭찬해 주어라

밤하늘이 어두울수록 별은 더욱 빛난다. 걸어온 하루를 온돌에 뉘어 놓고 따뜻한 목소리로 어떤 이름을 불러 본다. 너무 멀리 와 지친 발을 대얏물로 씻어 주고 나를 따라온 하루를 데리고 깃털같이 포근한 잠으로 간다. 순은이 되지 못해도 오늘의 삶은 정직했다. 어루만져 줄수록 삶은 키가 큰다. 가슴에 불을 담은 사람이여, 함께 가자, 물을 건너 산을 넘어, 내일 또 내일로.

#이기철노트하루에한번만이라도너의삶을칭찬해주어라

너를 찾아온 삶에게

리본 같은 예쁜 말로 칭찬해 주어라

#이기철하루에한번만이라도너의삶을칭찬해주어라

아침나라 일기

풀잎의 옷이 초록임을 알게 해주어서

고맙다, 아침아

잎사귀가 예뻐지는 데는 한 철이 걸린다는 걸 알게
    해주어서

고맙다, 나무야

새털구름이 바람을 데리고 와 오래오래 지붕에 앉아
    있게 해주어서

고맙다, 하늘아

밤새 내린 이슬이 떠나지 않고 토란잎에 싸여 있게
    해주어서

고맙다, 연못아

어린 아가위나무가 악기를 타며 옷소매를 흔들어
    주어서

고맙다, 실바람아

이제 내가 할 일은 섬돌 아래 놀러온 지빠귀에게

깜장 새 옷 한 벌 해 입혀야 한다는 것뿐

그리고 이슬잉크 찍어 맑은 글씨로

나나니벌이난초* 잎에 아침나라 일기를 써 두어야

　　한다는 것뿐

*나나니벌이난초: 옥잠과 비슷한 난초.

등불 같은 이름

내가 떠나보낸 어제는 어디에 쌓여 있을까

내가 보석처럼 만지던 어제의 생각들은

어디에 숨어 있을까

그리움의 옷을 입은 물살 같은 이름들은

어느 산기슭에 원추리꽃으로 피어 있을까

차마 그 말에 때 묻을까 봐

참고 참았던 사랑이라는 말

그 말은 무슨 색동의 옷을 입고

단풍나무 아래 잠들어 있을까

혹여 지워지고 없을까 봐

어제를 등 뒤에 쌓아 놓고

잠들기 전에 외워 보는

깜박이면서도 꺼지지 않는

등불 같은 이름

오늘은 그대를 만나기보다 그대를 생각하며 들길을 걷는다.
만나서 듣는 목소리보다 마음의 귀를 열어 그대 목소리를
생각하는 일이 더 오래 그대를 지니는 일이기에

#이기철노트등불같은이름

차마 그 말에 때 묻을까 봐
참고 참았던 사랑이라는 말

#이기철등불같은이름

어제오늘내일

어제가 추울까 봐 따뜻한 곳에 뉘어 두신 분은
   누구입니까

약속도 없이 먼 곳에서 오늘을 데려온 분은 누구입니까

내가 다독여 보낸 시간이 너무 어두워져서는 안 된다고

손수 아침을 보내주신 이는 누구입니까

오늘 하루가 순금이 되라고 지붕에 햇빛을 갈아 꽂는
   분은 누구입니까

그 모든 이름이 나에겐 비길 데 없는 선물입니다

이 밝고 환한 대낮만으로도 더없이 고마운데

산에 들에 붉은 꽃을 피워 주신 분은 누구입니까

나는 그분을 만나면 철모르는 아이가 되어

그의 가슴 안에 깊이 모를 연못 하날 파겠습니다

나는 어제와 내일의 거리를 알지 못합니다

다만 푸른 잎 같은 사람 하나 실바람처럼 내게 오면

그의 손을 잡고 내일모레글피로 소풍 가듯
   걸어가겠습니다

이 밝고 환한 대낮만으로도 더없이 고마운데

산에 들에 붉은 꽃을 피워 주신 분은 누구입니까

#이기철어제오늘내일

가을 부탁

가을이 떠나려 하고 있다
들길이 자꾸 야위어 간다

앞산과 뒷산이 마주 보며
겨울이 와도 아프지 말자고
갈잎을 비벼 풍금 소리를 낸다

강물까지는 가지 말아라
물을 못 건널까 두렵다
낯선 곳으론 가지 말아라
넘어져 다칠까 두렵다

그 자리에 꽃인 듯 나무인 듯 서 있거라
고요가 너를 안아 줄 것이다

하루만이라도 좋으니 붉게만 피어 있거라
내년이 잊지 않고 새 옷을 들고
너를 만나러 올 것이다

섬돌에 빗방울

쑥과 냉이와 민들레와 두릅잎과 씀바귀와 우산풀과
   미나리싹과 단추꽃과 집게벌레와 개똥벌레와
   무당벌레와 장수풍뎅이와 건초더미와 마른 짚동과
   삭은 이엉과 깨진 기왓장 위를

얼마나 기다렸느냐, 아프진 않았느냐 자근자근 물으며
이마를 짚어 주는 너의 손같이
섬돌에 내리는 빗방울

─────────

이마를 짚어 주는 너의 손같이

섬돌에 내리는 빗방울

#이기철섬돌에빗방울

첫 햇살

반짝이는 첫 햇살을 봉지에 싸 당신께 보냅니다

슬픔은 내 몫이니 이젠 기쁨만 골라 드세요

배달이 늦어질까 염려도 됩니다만 왼쪽의 바람과
　　오른쪽의 햇빛이 도와주어 무사히 도착하리라
　　믿습니다

꽃잎의 무게가 어제보다 조금 가벼워져 다행입니다

그러나 더 엷어지면 바람을 못 이겨 이쯤이 가장 좋을
　　듯합니다

받는 손가락에 은빛 물이 들면 내 마음인 줄 아시리라
　　추측해 봅니다

어디, 들판 끝이나 강물의 한가운데서 손잡고 팔 겯고
　　모여 있다가

한꺼번에 왁자히 손 흔들며 몰려오는 오늘의 햇살

그 힘을 이기지 못해 나무도 새도 꽃도 나도 활짝
　　기지개를 켭니다

새 날아간 자리에 흰 종이를 깔아 놓고 색연필로
　　내일을 그려 두세요

밤에 쓸 남은 햇살을 창고에 넣는 손이 바빠지겠지만
　　곧 휴식이 올 것입니다

●

풀잎에 맺힌 이슬을 본다. 밤이 만들어 놓은 보석이다. 어느
손이, 어느 마음이 저리도 맑고 정교한 보석을 만들었을까,
그렇게 고요하고 맑은 한 방울이 땅으로 떨어질 때 흙은 재빨리
그 보석을 받아 제 안에 품는다. 오래 유리컵에 담아 놓고 싶은
햇빛.

#이기철노트첫햇살

유혹하고 싶은 날씨

보라붓꽃 뭉게구름 포플러 그늘

하얀 나비 노란 유채밭 부리 하얀 새

벗어 놓은 모자에 날아와 담기는 주홍빛 꽃이파리

돌담을 돌아 나오며 머리를 빗는 여자

활짝 핀 부겐빌레아 보랏빛 블라우스

문 열린 교회 정문 햇빛 반짝이는 새의 날개

나무 그늘 벤치에 앉아 마시는 소다수

그녀가 음송하는 프랑시스 잠의 시

구절마다 담겨 있는 개울물 소리

유혹하고 싶은 날씨

고요에게 말 걸다

참 먼 데서 왔겠지요

바람과 빗방울을 데리고 오다 그마저 소란이라

맨몸으로 오신 거겠지요

무언가를 대접하고 싶은데

드릴 게 마땅치 않네요

다만 옷이 낡았으니 알맞은

물색 옷 한 벌 입혀 드리고 싶네요

무슨 색을 골라야 할지 몰라

초록 잎사귀들에게 부탁했지요

손을 담그면 파란 물이 들 것 같은 하늘

그곳을 다녀간 구름빛이면 어떨까 상의했지요

딴은 부지런히 쫓아온 나비가

날개를 접으며 참견하네요

고요에겐 말 걸지 말라고

흙을 밀어 올린 풀뿌리의 맨살이면 족하다고

고요는 온몸이 흰색이라고

고요는 고요로만 이 세상을 가꾸고 싶어 한다고

겨울 각북리

올겨울에는 더 가난한 동네로 이사 와서

손등이 튼 아이들과 모닥불을 피워 놓고

조막손 쪼이며 언 손을 비벼야겠다

군밤 몇 알 호주머니에서 꺼내

검뎅이 묻은 아이들 얼굴 내 옷소매로 닦아 주며

다순 귀마개라도 씌워 줘야겠다

마른 잎으론 풀피리 소릴 못 내

하모니카 대신 휘파람을 불며

나도 아이들과 함께 호드기 흉내라도 내야겠다

깃털 하얀 새들이 어둠 속으로 사라지면

내 웃옷 벗어 아이들에게 입혀 주며

오늘 밤은 예쁜 꿈 한 광주리 꾸라고

참새같이 작은 등을 토닥여 줘야겠다

부엌에 시를 걸어 둔 사람

설거지를 끝내고 행주에 손을 닦으며

행여 잊힐까 봐 두 번씩 시를 외는 사람

젖은 옷을 행거에 걸어 놓고

액자에 다음 시를 갈아 꽂는 사람

저녁 불빛이 한 구절에

유독 오래 머무는 동안

눈썹 위로 드리워진 머리카락을

한 손으로 쓸어 올리며

다음 구절을 기억해 내는 사람

부엌칼에 손을 베어

손가락에 반창고테이프를 감아 놓고도

깨끗한 야채를 골라 접시에 담는 사람

불빛이 접시 위로 몰리는 동안

잊힌 구절을 다시 외우는

마음이 백지같이 얇은

아름다운 한국의 여자 하나 태어난다

오월이 온다는 것

오늘, 오월이 내 곁으로 왔다

어떤 이름이 내게로 온다는 건 기쁨이다

벚꽃 진 자리가 너무 넓더니

늦을세라 그 자리에 라일락이 왔다

사랑이라는 말이 늘 추상이더니

오늘 민들레 제비꽃 온 걸 보니

미모사 같은 그의 얼굴을 다시 만난 것 같다

움과 싹과 가지의 푸름으로

땅과 하늘 모두 빈자리가 없다

꽃술도 한가득씩 쌀밥을 물고 있다

제 물에 즐거워진 이파리들이 손뼉을 친다

햇살 몇 말 꾸어 강물에 던진다

빛나는 것이 이것 말고 또 있는가

실낱같은 얼굴들이 한껏 갸륵한

오월의 아이들, 반짝이는 이름들

햇살 몇 말 꾸어 강물에 던진다

빛나는 것이 이것 말고 또 있는가

#이기철오월이온다는것

시를 쓰는 이유

내가 시를 쓰는 이유는

우리 사는 세상이 그래도 살 만한 곳임을

당신께 말해 주기 위함이다

아직 아무도 쓴 적 없는 깨끗한 말을 골라

병을 이기고 일어선 사람의 단추 끝에 달아 주기 위함이다

우리 사는 세상에 나쁜 하늘 나쁜 땅

나쁜 계절은 없다고

썩은 물웅덩이에도 노랑어리연꽃이 돋고

낡은 공장 폐품창고 그늘에도

라일락이 핀다는 걸 말해 주기 위함이다

불탄 산기슭에 새싹이 돋고

잿더미 속에서 부지런한 뿌리들이

봄풀 내미는 경이를

아픔을 이긴 당신의 귓가에

음악으로 보내기 위함이다

봉숭아 모종을 꽃삽으로 옮겨 놓고

나무 아래서 책 읽는 사람

그가 앉았던 돌이 저녁이 와도 따뜻하다는 것을

당신께 알려 주기 위함이다

내가 시를 쓰는 이유는

바람은 누구에게나 명랑하다는 것을

햇빛은 누구의 편도 들지 않는다는 것을

백 줄의 산문 대신 한 줄의 시로 전하려고

오늘도 나는 시를 쓴다

기다림은 초록

오실 땐 풀밭을 지나오세요

입술연지 얼굴화장은 안 해도 됩니다

그러나 올 때는 조심하세요

절대로 푸른 보리밭을 밟아선 안 됩니다

초록이 아파하면 내가 슬퍼지고

구름이 울며 떠나는 걸 보면 눈시울이 젖습니다

종조리가 날아가며 슬픈 노랠 부른다면

내가 먼저 아픕니다

밀밭에 초록들이 운동회의 아이들처럼

손 걸고 달려가는 게 보이나요

오실 땐 슬리퍼를 신고 복도를 걷듯 오세요

소다수 한 잔 마시고 현관을 나설 때

파아란 물감이 당신의 신발을 물들일 수 있다면

하얀 맨발인들 어떻습니까

그때 나는 풀밭에 앉아

지난가을에 당신이 보낸 편지를

세 번째 소리 내어 읽겠습니다

사과꽃을 보면 누군가에게 편지 쓰고 싶다. 사과꽃은
살구꽃이나 벚꽃처럼 화사하지 않다. 웃는 것 같기도 하고 우는
것 같기도 하다. 그대여, 나의 그대여, 그대 집 담장 위로 사과꽃
돋거든 다섯 자 사연 적은 엽서 한 장 보내주오, 그러면 나는
긴긴 편지 다섯 장을 그대에게 보내리니.

#이기철노트기다림은초록

참 좋은 사람 하나

아름다운 세상이 어디엔가는 있을 거라고

혼자 회의하고 혼자 수긍하는 밤이 잦다

꽃 피는 걸 보면 내일이 가깝고

꽃 지는 걸 보면 한 해가 어두워진다

혼자 걸어와 한 해의 등불이 된 꽃나무

나는 저 꽃나무들이 제 가지에 꽃을 다는 동안

내 손으로 물 한 동이도 주지 못했다

온몸이 입술인 저 꽃은 제 이름 불러 주지 않아도

작은 향기 나누며 제 신명으로 핀다

나도 언제 저 꽃나무처럼

여민 단추 활짝 열고 햇빛으로 설까

먼 땅 어느 나라에는 전쟁이 터져도

참 좋은 꽃나무는 세상 한편에 등불을 건다

고요해서 거룩한 밤이 지붕을 덮는다

오늘 밤은 참 좋은 사람 하나

지구의 어느 방에서 잠옷을 갈아입는다

기다림이 있을 때가 살아 있는 것이다

아침이 새 옷을 입고 왔다

아름다움은 안 보이는 곳에서 오고

그리움은 발자국 소리를 내지 않고 온다

나는 이 말을 하기까지 예순 해가 걸렸다

아침을 흰 쟁반에 담아 두면

저녁이 쌀알 같은 별을 데리고 온다

그것이 하루다

아무리 밟고 밟아도 길은 그 자리에 남아

제 뒤에 올 발자국을 기다린다

들길을 지나 산으로 가는 하얀 길을

어찌 맹목이라 하겠느냐

가슴에 기다림이 있을 때가 살아 있는 것이다

바람이 불거든 문을 열고 나가 보라

안 보이던 먼 산이 새파랗게 열릴 것이다

흰 손가락에 골무 끼어 속옷 단추를 달 때

작지만 찬탄할 일들이 색동옷 입고 나를 만나러 온다

별이 뜨는 일은 별의 일, 별이 지는 것도 별의 일

북두성은 본래 내 것이 아니므로

오늘을 사용한 하루가 산그늘에 묻힌다

종일을 다 태운 노을에게도

내일 또 만나자는 인사를 잊지 말아라

기다림이라고 쓰고 나니 사랑이 가까워진다. 그립다고 쓰고 나니
기다림의 키가 큰다. 책을 만지던 손으로 꽃잎을 만진다.
내 안에 남아 있던 지식의 부스러기를 밀어내고
서정시 한 포기를 옮겨 심는다. 내를 건너가자. 산을 넘어가자.
거기엔 그리움이 작약꽃처럼 피어 있을 것이니.

#이기철노트기다림이있을때가살아있는것이다

———————

그리움은 발자국 소리를 내지 않고 온다

나는 이 말을 하기까지 예순 해가 걸렸다

#이기철기다림이있을때가살아있는것이다

가슴이 백짓장 같은 사람

새 옷을 갈아입고 꽃은 핀다

가시에 할퀴어도 바람은 찢기지 않는다

기다리던 사람이 오면

그늘도 햇볕 아래로 걸어 나온다

아침에 만난 사람 저녁에 안 보이면

근심이 된다

기다림은 팔이 길어

하루가 신발 소리도 없이 저녁에 닿는다

기다림 때문에 나뭇잎이 흔들리고

기다림 때문에 냇물이 흘러간다

온종일 대문을 열어 놓고 귀 기울여도

한 사람의 발자국 소리 들리지 않는다

산그늘이 놀을 데리고 와 어깨를 덮는다

내 기다림은 끝내

가슴이 백짓장 같은 사람이었다

〈기탄잘리〉는 '신에게 바치는 송가'라는 뜻이랍니다. 읽으면 첫 줄에서부터 깊은 감동으로 빠져들지요. 그러나 나는 아직도 신을 찬양하는 시를 쓴 적이 없습니다. 내 맘에 신이 존재하지 않기 때문이 아니라 나에게는 신보다 사람이 더 소중하기 때문입니다. 사람과 사람 사이의 오가는 눈빛, 마음, 사랑, 보고 싶어 하고 그리워하는 마음과 마음들, 그래서 나는 사람을 향해 시를 씁니다. 사람이 죽으면 신이 된다고 생각하는 것은 샤머니즘이 아니라 인간에 대한 믿음 때문입니다.

#이기철노트가슴이백짓장같은사람

봄날은 백 겹

사색(四色)도 반상(班常)도 없는 탕평이다

품계도 반열도 없는 대관식이다

소쿠라지고 넌출지는 이 야단법석 어디에

소신공양의 몸을 맡겨야 하나?

저 뇌쇄와 고혹의 한가운데를

살 데지 않고 지나려면

봄비 백 섬을 꾸어 와야 한다

출렁이고 쏟아지는 분홍 가루를

쌓아 둘 수도 탕진할 수도 없어

하루를 끌고 햇빛 폭포 속으로 첨벙 뛰어든다

햇살 명주옷이 찢겨 살내음 물씬 풍기는

들길은 드는 문도 나는 문도 없다

내려놓아라 팔 부러지겠다

나는 만류하고 꽃은 불타오른다

너무 밝아서 아득해지는

백 겹의 봄날

봄산을 바라보라. 봄산이 무언가 말을 하고 있다. 무슨 말을
할까? 아마도 이런 말을 하는 것 같다. 내일은 세상의 가장 순한
딸들, 제비꽃, 할미꽃, 산수유, 개나리, 명자꽃, 아기진달래를 피워
놓을게, 햇살 따스하거든 사양 말고 놀러와, 도시락은 안 가지고
와도 돼, 내가 꽃 식탁, 열매 반찬을 준비해 놓을게.

#이기철노트봄날은백겹

햇살 명주옷이 찢겨 살내음 물씬 풍기는

들길은 드는 문도 나는 문도 없다

내려놓아라 팔 부러지겠다

#이기철봄날은백겹

기쁨

아침 햇빛에 손가락을 대면 음악 소리가 난다

새의 부리가 전하는 말을 내 귀가 알아듣는다

자드락길 걸으며 풀 이름 부르면 입술이 초록이 된다

그치지 않고 흘러가는 도랑물 소리를 들으면

네가 내 곁에 와서 노래를 부르는 것 같다

노랑저고리를 입은 나비가 강을 건너가면

신발을 신은 채 그를 따라가고 싶다

햇빛이 어두운 뒤란을 비추는 걸 보면

살아 있음을 느낀다

떠난 사람이 내 귀에 남긴 발자국 소리

누가 한 동이 기쁨을 가슴에 부어 주고 간다

행복

잠자던 구름이 깨어나 푸른 길을 간다

구름이 지나면 나무가 제 그늘을 옮긴다

바람이 지나면 고요가 소리를 낸다

햇빛이 지붕 위에서 놀고 간 이야기를

밤이 오면 별이 다시 베껴 쓴다

각시풀이 머리에 노란 꽃봉지를 달면

발아랜 개울물이 긴 끈을 푼다

무얼 더 바라랴

하루가 내게로 왔다

내게로 온 하루는 나의 것이다

가슴엔 부를 이름 있고

하늘은 어제보다 푸르다

오늘 해가 밝다

구름이 흘러가고 강물이 흐르고 바람이 옷깃을 스치는 날도,
꽃빛이 어제보다 붉고 새 노래가 목청을 갈아 끼운 듯 예쁘고, 안
보이던 길가의 돌멩이가 제 얼굴을 반짝이는 날도, 온다던 사람
오지 않아 마음 허수한 날도, 어깨에 내려앉는 나뭇잎 소리, 햇빛
속으로 시가 걸어오는 소리. 아, 나는 왜 움 돋는 풀, 붉은 꽃,
작은 새가 날개를 저어 내를 건너는 걸 보면 슬퍼지는가?

#이기철노트행복

맑은 날

나에게 오기까지 햇빛은 얼마나 숨 가빴을까

의자를 닦아 놓자 이 햇빛이 오래 쉬다 가도록

첫새벽 참새 두 마리가 창가에 와

그 예쁜 부리로 나에게 인사를 했으니까

아기 참새는 엄마 참새의 깃 속에 묻혀

그 맑은 눈으로 나를 아빠인 양 쳐다보았으니까

내가 다가갔는데도

안 날아갔으니까, 안 날아갔으니까,

아직은 쌀쌀한데

단풍나무 아래에는 놀러온 비둘기 형제가

갸웃갸웃 모이를 쪼고 있으니까

모이 쪼는 옷이 따뜻해 보였으니까

발아랜 열흘 전에 뿌린 남새밭 상추씨가

순애기를 데리고 흙 위로 올라왔으니까

흙을 밀고 올라왔으니까

해 뜨자 올해 처음 나온 나비가

앵두나무 위를 종이쪽처럼 날아갔으니까

팔랑팔랑 날아갔으니까

이 일들이 나에게 시를 쓰게 했으니까

잊지 말고 시를 써라 했으니까

2

누구에게나
편애의 눈빛이 있다

참깨꽃 핀 마을을
아무도 몰랐으면 좋겠다

내가 운문사 아랫마을로 이사 온 걸 아무도 몰랐으면
    좋겠다

참깨꽃 다섯 송이 재재바른 뿔종다리

다가가도 안 날아가는 비둘기 곁에

내가 맨발로 서 있는 걸

아무도 몰랐으면 좋겠다

숨 쉬고 사는 날이 가장 고마운 날이어서

서울도 대구도 안 가고

여름만 못 떠나게 문고리에 매어 두는 나를

꽃 아빠 나무 의사가 되어 사는 나를

아무도 몰랐으면 좋겠다

꽃

기다려도 기다려도

오지 않아

혼자 피어 버렸다

네가 오지 않아

그만 피고 말았다

꽃말처럼 예쁜 말다발이 또 있을까? 꽃말을 외우다가 시인이 된 사람도 있다. 흙속에 감추어 두었다가 모르는 새 노란 옷 빨간 옷 흰옷을 갈아입고 햇볕 아래 소풍 나온 아씨들, 저 사랑스런 입술들 곁에서 어찌 꽃물 들지 않을 수 있느냐.

#이기철노트꽃

라일락이 피면 오세요

뜨락에 라일락이 피면 오세요

라일락이 수수꽃다리로 피면 함께 나눌

이야기 스무 봉지를 마련해 놓을 게요

가장 아픈 말들은 서랍에 넣어 두고

가장 기쁜 말들만 봉지째 들고 오세요

내를 건너는 바람이 보라색 티셔츠를 펄럭이고

서쪽으로 가는 강물이 푸른 넥타이를 풀어 던지면

십 리 밖에서 오는 발자국 소리 귀청을 울릴 것이니,

블라우스 안에 그리움을 담은 사람의

발자국 소리 들리면

아직 쓰지 않은 별사(別辭)는

백 년 뒤에나 쓰겠다고

뜨락에 라일락이 피면 오세요

저토록 환한 보랏빛 그늘 아래선

금세기의 탐미주의자가 되어도 좋다고

가장 고독한 사람이 오늘은

새 시집에 밑줄을 그으며

생애 처음의 시를 쓰는 시간이어도 좋다고

꽃이 피면 마음 바빠진다. 들과 산에 피는 꽃은 그 수를 셀 수 없다.
올해 처음 나온 풀꽃의 이름을 몰라 짐짓 이름을 지어서 부른다.
세 번 네 번 거푸 부르면 풀꽃들이 금세 제 이름인 줄 알고 얼굴을
든다. 배시시 웃는다. 그때 숨겨 둔 마음 한 다발 들고 그대에게
간다. 그대가 풀꽃이듯이, 그대가 풀꽃의 이름이듯이.

#이기철노트라일락이피면오세요

국화를 보며

국화, 마거리트 샤스타데이지 오스테오스퍼멈 아스타
가자니아 블루데이지 천인국 멜람포디움 구절초
금계국 마리골드 캐모마일 개망초 잉글리시데이지,
너 어디에서 그토록 많은 이름을 빌려 왔느냐 동쪽
울타리 아래 너를 심고 마음 고요해졌다는 옛날
시인도 있으나 너의 이름 너무 요염해 내 이젠 오래
지닌 흠앙을 내려놓나니 올가슬엔 국화야 너 혼자
내 뜰에 놀다 가거라 난 기러기 떠난 저 남쪽, 기우는
열아흐레달하고 며칠만 수작하다 돌아올 테니

가을에는 새 옷을 입고 싶다

나는 쓸쓸한 것들을 사랑한다

가시에 찔려서도 즐거운 바람

한 해를 보듬고 가지 끝에 힘껏

매달린 열매

백 리 바깥의 물소리

나는 내 발을 받아 주던 길의 맹목을 사랑한다

뒷산에 은가루처럼 쌓이는 햇살

침략군처럼 몰려오는 저녁 어스름

엽서가 안 와서 자주 내다보는

창밖 풍경

아무도 안 오는 날은 들길에 나가

냇물에 발이 빠진 가을을 건져 와

반짝이는 햇빛바느질로

단풍잎 같은 옷 한 벌 해 입고 싶다

여름 지나온 옷이 남루가 되었다

오늘 안 아픈 것은 얼마만한 행복인가, 하루가 우리에게 주는
선물 중 가장 큰 선물은 몸도 마음도 안 아픈 일이다, 산기슭에
싸리꽃 필 때 나는 내 아는 이들이 아프지 말라고 마음으로
빌다가 마침내는 연필을 들고 시를 쓴다. 그대여, 내일 우리 전화
없이 만나자, 만나서 사랑하자, 열흘을 참고 견디는 가을꽃처럼.

#이기철노트가을에는새옷을입고싶다

단추꽃

누구에게 응석 한 번 부려 보지 않고

세상 구경 나온 봄의 첫딸

이름을 몰라

내가 처음으로 부르는 꽃

돌이 자리를 피해 주자

그 자리 잊힌 소식처럼 올라온 노란꽃

채우려 해도 채워지지 않는

기쁨보단 슬픔이 진한

뾰로통한 단추꽃

냉이꽃 돋는 것 보면 슬퍼진다. 앉은뱅이꽃 피는 것 보면
눈물겨워진다. 저 작고 여린 목숨들의 가쁜 숨소리, 우리가
살아야 하는 이유 같아서 오늘도 작은 풀꽃들 곁에 오래 앉아
있다.

#이기철노트단추꽃

여름 한낮

음악의 출생지를 알려면

물봉숭아 씨를 터뜨려 보아야 한다

도르르 말리며 땅으로 내려보내는

음악의 끝 소절

마음을 지나 손톱까지 번진

그의 물색 마음

내 보낸 편지가 주소를 잃고

되돌아오기를 기다리는 동안

부지런한 개미가 제 집으로

씨앗을 물어 나르고

봉숭아 씨앗 터지는 소리가

분첩 두드리는 소리로 들리는

살구 열 개가 툭 하고 떨어지는

여름 한낮

개나리꽃

겨울을 건너오느라 손이 곱은 봄이

개나리 꽃다발을 안고 왔다

구름의 체온을 언 손이 만진다

추위 타는 나무들은 제 먼저 햇살을 당겨 입는다

외투를 벗어 봄에게 입혀 주고 싶지만

봄에겐 육체가 없다

내일은 잊지 않고 햇빛잉크를 찍어

어린 오전에게 새 이름표를 달아 주어야겠다

견디며 살아온 이름들이 노랗게 세상을 칠하는

오랜만에 초등학교 운동장에 번지는 학교 종소리

들길 걸으며 없는 풀꽃 이름을 불러 보아라. 강가에 혼자 나와 없는 새 이름을 불러 보아라. 아무도 부른 적 없는 이름을 처음으로 부르는 것, 그것이 시다. 그렇게 부르고 나면 그 이름만큼 반짝이는 얼굴이 있다. 시는 멀리 있지 않고 언제나 당신 곁에 있다. 각시꽃 손톱풀 골무꽃 댕기풀 구름할미새 병아리꽃, 없는 사물의 이름들같이.

#이기철노트개나리꽃

앵두꽃

요 며칠은 앵두꽃 동화를 읽느라 시간 가는 줄도
　　몰랐습니다

기적같이 왔다가 소식처럼 가 버린 앵두꽃은 일률의
　　기쁨이었습니다

한 송이도 허투루 핀 것 없고 한 송이도 미진한 것
　　없습니다

반짝임이라고도 전광석화라고도 써 보지만 모두
　　제격은 아닙니다

책보자기만 한 하늘이 봄비를 데리고 와 못물의
　　건반을 치더니

루주 같은 꽃봉지가 약속도 없이 마당을 떠나고
　　말았습니다

나는 눈 속에 호수를 파고 마지막 남은 한 송이를
　　담아 두었습니다

이것만으로도 내 구십춘광은 두고두고 읽는 동화책
   한 권이 되었습니다
내년에 또 오라고 당부도 못한 앵두책 페이지는
봄 한 철 다 가도록 내 귓속에 책장 넘기는 소리로
   남아 있습니다

시가 아장아장 걸어올 때

마을이 심심할까 봐 길 모롱이에 튤립을 심는 사람의

흰 손이 보고 싶을 때

오래 묵힌 책갈피에 가려 안 보이는 사람의 이름이

못내 궁금할 때

호롱불 켜 놓고 읽던 옛날 친구의 편지 구절을

오늘 새삼 읽고 싶을 때

잎이 넓어 몸이 무거워진 나무들이 서로를 껴안으며

스스로 숲이 될 때

갓 핀 복사꽃이 무슨 말로 제 마음 다 전할까

나한테 물을 때

아직 안 읽은 시집의 페이지가 금방 날아간 나비처럼

머릿속을 맴돌 때

목동자리별이 아장아장 나뭇잎으로 내려올 때

어디서 시가 걸어오는 소리 가랑잎 소리로 들릴 때

산뜻한 시 한 편을 일상에 얹는 일은 자신의 하루를 갱신하는 일입니다. 한 번 읽고 던져두었다가 길을 걸을 때 문득 생각나는 시가 있다면 당신은 시와 친구가 된 것입니다. 유독 그 구절이 좋아서 읽다 읽다 그만 외워 버린 시, 나무 이파리같이 흔들리며 새바람을 일으키는 시, 수평선 끝의 파란 기폭 같은 시가 있다면 얼마나 기쁜 일입니까! 그때 당신은 이렇게 말할 수 있습니다. 시가 내 머리카락을 만지며 지나갔다, 오늘은 잘 살았다,고.

#이기철노트시가아장아장걸어올때

풀들은 속옷이 아름답다

세상과 절연하면 몸이 아름다울 수 있겠느냐

물으면 풀들은 감춰 둔 제 안의 물색 옷을 보여 준다

속옷을 뚫고 나왔기에 꽃들은 몸이 붉어졌다

내가 불러서 비로소 제 이름을 안 풀들이

저마다 햇빛 신발을 뜨락에 벗어 둔다

내 여기서 밥상에 수저 놓는 소리로 말하노니

진실로 사랑한다면 그에게

풀의 속잎 같은 마음 한 벌 입혀 주어라

하얀 도화지를 밟고 오전이 지나가면

초록 잎새들이 제 몸에서 여름을 갈아입는다

한 번도 제 필 차례를 잊지 않는 풀꽃들

나무가 수채화를 완성한 정오에는

하루가 정물화로 남는다

아이들이 그림책을 들고 잠의 물결을 건넌다

오실 땐 풀밭을 지나오세요

입술연지 얼굴화장은 안 해도 됩니다

#이기철기다림은초록

장미는 내가 피우지 않았다

장미는 내가 피우지 않았다

장미는 오월과 바람과 햇빛이 피웠다

담과 울타리와 지붕을 넘는 줄장미만다라

어제 내린 비가 그 붉은 입술을 데리고 갔다

멀리 가지 않았다

온몸이 보석인 채 땅에 머물렀다

나는 그 입술을 밟을 수가 없어

신발을 벗고 걸었다

맨발에 묻어오는 장미의 살냄새

몸 상하지 말고 사흘만 더

그 흙에 머물러 달라고

나는 차마 길을 에둘러 걸었다

새벽이 잊지 않고

남은 장미꽃 봉지를 들고

내 창문을 두드리도록,

울과 담과 지붕이 빙그레 웃었다

벼룩풀 곁에서

네 앞에 무릎 꿇고 한 사흘만

없는 내 잘못을 고백해야겠다

내가 너보다 예순 배는 키가 큰 것

너에게 가려고 쫓아온 햇빛을 내가 가로챈 것

한 벌 옷으로 한 해를 견디는 네 앞에서

철 따라 갈음옷을 바꿔 입은 것

받아주기만 한다면 물 한 조루 들고 가

네 낮은 키 앞에 쪼그려 앉아 사죄해야겠다

바위가 굴러 내려도 아무 데로도

피난가지 않는 너를

다른 이름 다 두고 하필이면

벼룩풀이라 이름 부른 나를

흐린 날에도 구름 한 장 밀어내고

햇빛 한 다발 너에게

선물하지 못한 나를

목련 질 때

목련 한 송이 지는 데 한 해가 걸린다

목련 백 송이 지는 데 백 년이 걸린다

나는 목련나무 아래서 유구를 만났다

그토록 절하며 무릎 꿇었던 영원

멀기만 하던 유구가 이리도 가깝다

바람이 불어도 떨어지고

바람이 멎어도 떨어진다

목련이 떨어질 때는 삐라 같다

뚜욱뚝 떨어지는 소리는 갈채 같다

나는 정신의 높이를 생각할 때마다

폭포 절벽 단애를 생각했는데

목련 앞에 서니 그 넓고 흰 꽃이 정신의 높이다

작년에 진 목련이 올해도 진다

목련이 지고 나면 나는 한 해를 닫아걸 것이다

문 꼭 걸고 다시 올 내년을

마음에 파종할 것이다

시인은 특수한 감수성 하나에 의지하여 시를 쓴다. 언어의
배치나 말의 운용은 그다음 일이다. 바람이 불 때, 나뭇잎이
떨어질 때, 새로 핀 꽃이 들판을 물들일 때 그때의 감각이
감수성을 데리고 온다. 촉감은 매우 즉시적이고 즉물적이어서
그 때를 놓치면 시를 놓친다. 시인의 촉수는 쉼이 없다. 시는
그 촉수를 벼리고 다듬을 때 비로소 태어난다. 오늘을 다한
저녁노을이 목련꽃 하날 떨어뜨리며 말한다. 시를 쓰라고, 잊지
말고 시를 쓰라고.

#이기철노트목련질때

나는 정신의 높이를 생각할 때마다

폭포 절벽 단애를 생각했는데

목련 앞에 서니 그 넓고 흰 꽃이 정신의 높이다

#이기철목련질때

채송화에게 주는 헌사

참새의 작은 발이 통통통 다녀간 음반

엊저녁 놀러 온 별이 두고 간 멜로디카

내일 속저고리에 달아야 할 붉은 단추

어둠을 깁다가 바늘에 찔린 손가락의 핏방울

복사꽃이 지면서 보내준 분홍색 수영복

몸 가리며 갈아입는 열여섯 소녀의 눈부신 맨살

채송화에게 줄 수 있는 헌사는 짧아야 한다

울지 않고 읽을 수 있는 시의 첫 줄

숲

숲에는 삼백 그루의 나무가 함께 산다

이 나무는 곧고 저 나무는 구부러져서 산다

어떤 나무는 이름을 아는 나무고

어떤 나무는 이름을 모르는 나무다

이 나무는 저 나무보다 이파리가 마흔 개 더 많다

어떤 나무는 작년에 본 나무고

어떤 나무는 올해 처음 보는 나무다

이 나무의 키가 저 나무보다 곱절은 크다

바람이 불면 큰 나무는 오래 흔들리고

작은 나무는 잠시 흔들린다

나무 가운데는 열매를 달아 본 나무도 있고

열매를 못 달아 본 나무도 있다

숲에는 삼백 그루의 나무가 있다

그중 스무 그루의 나무는 올해 새로 태어난 나무다

숲은 나무의 동네다

숲 동네에는 내가 마흔네 번째까지 세다가

그만둔 나무도 있다

이름을 부르면 그게 제 이름인 줄 알고

나뭇가지를 더 크게 흔드는 숲이

삼백 그루의 나무와 함께 산다

숲은 신성하다, 숲은 나무의 동네다. 숲에는 사람 수보다 더 많은
나무가 산다. 숲의 나무들은 서로 다투지 않는다. 바람이 불면
서로 손잡고 팔 걸고 부둥켜안아 준다. 부둥키고 일어서서 끝내
꽃을 피운다. 나무는 지혜롭고 나무는 성스럽다.

#이기철노트숲

꽃잎 비명(碑銘)

꽃잎 붓으로 비명(碑銘)을 새기면

가장 짧은 시간 동안만 분홍으로 스몄다가

저녁 등불 켜고 혼자 밥 먹는 동안

아무도 모르게 지워지겠지

사라지는 줄도 모르게 사라지겠지

참 작고 여리고 예쁘게 살려고 한

한 사람

지구의 외진 곳에서

왜가리처럼 발 모으고 살다가

남에게 쌀 한 되 못 건네주고

시 몇 편 퍼 주고 갔다고

지워진 글자는 울면서 전하겠지

그 위에 맑은 이슬 내려 얼굴 씻어 주겠지

물빛 초록처럼 씻어 주겠지

그래도 좋이 오가는 마음은 남겠지

꽃잎 비명은 죽어도 새기지 말라고

안 들리는 말로 당부하겠지

제비꽃, 봄

옷고름처럼 단정하다

누구에게도 미움 받아 본 적 없는 작은 얼굴

제비꽃이여

더 예뻐지려 하지 말아라

네가 오면 봄이 시집처럼 아름다운 말을 물고

냇물을 건너올 것이니

나무에게

미안하다, 나는 네 이름을 너무 많이 시에 도용했다

이젠 내 시집 인세의 반은 너에게 지불해야겠다

나무야, 계좌번호를 알려 줘

세계에서 제일 예쁜 동네

씀바귀 뿌리를 적신 물이 그냥은 못 가고

연자방아를 한 바퀴 돌려 놓고 가는 동네

예쁜 생각에만 골몰하는 찔레꽃이

가락지처럼 피는 울바자 안 집

여고 다닐 때 학도호국단 학생대대장을 했던
　　외사촌누나가

사다 준 동화책에 빠져

밥 먹어라 부르는 엄마의 목소리도 못 들었던

툇마루의 저녁빛

빨간 열매를 먹고 빨간 똥을 누는

저녁때마다 나와 눈 맞춘

꽁지가 하얀 작은 새

내가 이렇게 써도 거기가 어딘지 아는 사람 아무도
　　없는

우리나라에서 제일 작고 예쁜 동네

극빈

겨울 흙은 타의에 의해 굳어진다

내 견딘 삶도 타의에 의해 굳어졌다

세월이 흐르지 않는다면 그 저탄 더미의 시간을

어디다 저당 잡혀야 했을까

꽃이 뉘에게 예뻐 보이려고 붉겠는가

이파리가 푸르러지는 것도 햇살의 재촉 때문이고

냇물이 흘러가는 것도 강물이 당기기 때문이다

극빈 아니면 새의 몸이 하늘을 자유로이 날겠는가

몸을 공중부양 하는 새는 골다공이라지만, 그것은

맘껏 천상을 만지기 위한 새의 책략이다

풀씨 하나로도 배를 채우는 그 빈핍이

아름다운 극빈을 이루었다

아, 나는 너무 많이 가졌구나

발가락으로 전깃줄을 붙들고 잠드는 새에 비해서는

끝내 이룩한 것이라곤 솜털씨앗 하나뿐인

민들레꽃에 비해서는

나무의 본적

나무는 태어난 곳이 일생인 줄 알았는데

잊지 않고 햇빛과 어둠의 옷을 갈아입는 걸 보면

나무도 하루에 한 번씩 외출하고 돌아오는 것을 안다

뿌리 내린 곳에서 꽃과 열매를 달고

한생을 그 자리에만 서 있는 줄 알았는데

나무도 제 키만큼 하늘여행을 하는 것을 안다

먼 곳에 닿고 싶은 나무가

더 먼 곳으로 씨앗을 날려 보내는 걸 보면

나무의 발이 조용하게 강물의 수심을 재는 까닭을 안다

가지가 팔을 벋어 바람의 너비를 재는 걸 보면

그가 가고 싶은 곳이 안 보이는 어디에 있다는 것을 안다

가끔은 제 잎을 내려보내 벌레의 신발을 만들어 주는 걸
　　보면

그의 번지가 뿌리만이 아님을 안다

새들에겐 무료숙박을 허락하다가도 저녁이면

햇빛과 노을이 만들어 준 잠옷을 입고

슬하에 비단풀 명주벌레를 재우는 걸 보면

나무의 본적지는 뿌리만이 아님을 안다

봄나무들은 제 몸 어디에 저 많은 물감을 숨겨 두었다가 4월이
되면 한꺼번에 꽃송이로 터뜨리는 걸까요? 겨울나무들은 저렇게
많은 말을 얼마나 오래 참고 견뎠을까요? 그 단단한 껍질 속에서
참고 견딘 꽃망을, 시도 그렇게 태어납니다. 겨울을 이기지
않았으면 꽃이 피겠습니까? 그처럼 기다림이 시를 탄생시킵니다.
온종일 화장에 바쁜 꽃나무여, 아름답게 피어라. 오래 참은
말이여, 아름다운 시로 태어나라,고 나는 길을 걸으면서도
기원합니다.

#이기철노트나무의본적

하늘이라는 제목으로
시를 쓰고 싶었다

벚꽃하고 헤어진 지 참 오래되었다

지난봄과는 다음 토요일에 만나자고 약속하곤

한 번도 못 만났다

토요일이 수 십 번 저 혼자 떠나가고

나만 모시나비처럼 그를 만나려고 길 위를 서성였다

햇빛은 어디가 시작인지 어디가 끝인지 몰라

수십 번 단추 끝에 찬찬 감아두었다

이슬의 몸이 어제보다 깨끗해졌다

뒷산에 미농지 같은 햇살이 쌓이고

햇살 낭떠러지 끝에 서서

하늘이라는 제목으로 시를 쓰고 싶었다

쌀가루 같은 눈이 내리면 저 순한 벌레 울음을

어느 서랍 속에 넣어 두어야 하나 오래 생각했다

익은 열매들이 발등에 떨어지고

가을이라는 말이 계단을 굴러간다

마음이 자꾸 극지를 향하고 있다

붉게 물든 저녁놀 아래 서면 마음은 옛날로 돌아간다. 뒷동산에
올라 서쪽으로 떨어지는 놀을 바라보며 해가 지는 줄을 몰랐던
소년 시절과 맨발로 풀밭을 쫓아다니며 저녁 이슬에 베잠방이를
적시던 때, 그래서 나는 지금도 비슬산에 내리는 복숭아빛
황혼을 바라보며 하염없는 시간을 맞곤 한다. 저녁놀은 옷을
물들이고 마음을 물들인다. 마음을 물들인 놀빛의 언어, 그것이
내가 쓰는 시다.

#이기철노트하늘이라는제목으로시를쓰고싶었다

햇살 낭떠러지 끝에 서서

하늘이라는 제목으로 시를 쓰고 싶었다

#이기철하늘이라는제목으로시를쓰고싶었다

나비는 침략자

끝내 나비를 잠글 수는 없다

문을 걸어잠가도 나비는 막무가내 쳐들어온다

풀도 꽃도 있지만 제가 봄의 적자라고 자랑하며 온다

나비는 아름다운 침략자

그에게 네 어디가 예쁘냐고 물으면 금세 토라져

아지랑이를 타고 내를 건너 가 버린다

나비가 오다가 돌아서는 건

제 잘못을 뉘우쳐서가 아니다

땅 위 다른 곳에도 살 만한 곳이 있다는 걸

알려 주기 위해서다

매혹의 침략자여

봄 가기 전에 두 번만 더 내게로 오라

약속할게, 나는 끝내 봄 열흘 동안은

네 연인이 되어 줄게

너와 함께 천지사방 무국적의

나비 예찬자가 되어 줄게

●

나비는 천진하고 나비는 유유하다. 곧 소낙비가 온다 해도
나비는 서두르지 않는다. 민들레 꽃술에 앉아서도 날개를 접었다
편다. 그래서 나는 나비에게 '잠들지 말아라, 생이 길지 않다'고 쓴
적이 있다. 나는 그 고요와 천연함을 역설적으로 나비를 '침략자'
라고 말했지만, 나비는 내 고요를 함께 즐기는 아름다운 침략자,
아름다운 길동무다. 나는 더도 말고 나비만큼만, 저 하염없이
고요한 세상으로 날아가는 노랑나비만큼만 지순(至純)하게 살고
싶다.

#이기철노트나비는침략자

그에게 네 어디가 예쁘냐고 물으면 금세 토라져

아지랑이를 타고 내를 건너 가 버린다

#이기철나비는침략자

3

아름다움은
나의 신앙

지구가 한 살이었을 때

지구가 한 살이었을 때 나비도 한 살이었다

지구가 한 살이었을 때 강물도 한 살이었다

지구가 한 살이었을 때도 하늘엔 별이 뜨고

내일은 내일의 아침이 오고 있었다

십자가 없이도 그땐 모두가 행복했다

의자의 충고

나에게 계절을 선물하고 간 사람 있다

모피외투를 벗어 나뭇가지에 걸고 폴리에스테르
　　남방셔츠를 어깨에 걸어 주며
나리꽃처럼 웃고 갔다

누구의 손에 의해 태어난 뒤 생애를 다해 누군가를
　　기다리는 의자

이리 와서 좀 앉았다 가세요 오늘은 햇살 아래 놀러온
　　그늘이 더 두꺼워졌어요
노래를 가졌으면 여기에 한 소절만 남겨 놓고 가세요
　　공으로 듣는 새 노래는 미안해서 이제 그만하라고
　　부탁했으니까요

서쪽과 동쪽, 남쪽과 북쪽이 완연히 다른
　　하루의 지름길을 꽃받침 위에 씨를 올려놓은
　　꽃나무처럼 견디는 긴 긴 참음

그 맨살을 부더러이 지나가는 올해의
　　봄여름가을

갠 날 아침

초록에 내리는 햇살이 바늘 끝 같다

풀의 손가락마다 은빛 골무가 끼어 있다

볼록하게 움 돋는 풀잎, 이제 막 붉어지려고 입술을 내미는 꽃봉지, 있는 힘을 다해 날개를 저으며 내를 건너는 잠자리, 꽃술에 잠든 노랑나비는 나를 슬프게 한다. 슬픔에는 가식이 없다. 슬픔은 진실이다. 시는 가식 없는 마음, 어쩌면 슬픔에서 솟아나는 샘물로 마음을 적시는 언어이다.

#이기철노트갠날아침

아침 햇빛에 손가락을 대면 음악 소리가 난다

#이기철기쁨

불을 끄고 별을 켠다

꽃잎으로 세상을 문지르면 세상은 꽃이 된다

피는 꽃이 지는 꽃보다 아름답다고 말하면

지는 꽃이 슬퍼할까 봐 입을 닫는다

작년의 옷을 입고 마중 나온 꽃들

그 옷 어디에도 때 묻은 데가 없다

돌의 이마가 반짝이는 날은

펄럭이는 마음을 하늘 가운데로 띄운다

노래 한 소절씩 물고 피는 꽃들이 고마워

산의 어깨가 새가 되어 날아간다

저 아름다움이 나의 신앙이다

아름다운 말이 생각나면 단추 속에 감춰 두었다가

은박 입혀 사람에게 바친다

하루를 길어 올린 잎들이 건반 소리를 내면

돌들은 제 기쁨으로 금이 될 것이다

오늘 밤은 불을 끄고 별을 켠다.*

*영양 밤하늘보호공원 표어.

마음은 천 리

삶이 바위처럼 무겁다고 생각하면 그대 어깨가
　　무거워지네
삶이 나비처럼 가볍다고 생각하면 그대 어깨가
　　꽃잎처럼 가벼워지네

그대 집 문 앞 살구나무에
오늘은 살구꽃 열 송이가 새로 핀 것을
그대보다 내가 먼저 보네

생각은 천 리 길
산 넘어 산 넘어
마음 혼자 그대 집 문전에 닿네

마음은 스스로 장벽을 세우지 않는다. 산을 뛰어넘고 바다를 건넌다. 계절을 편애하지 않는 마음은 한랭 겨울에도 살구꽃을 피운다. 천 리 밖 그의 문간에 핀 살구꽃을 그보다 내가 먼저 보는 일이 사랑이다. 우체국에 가서 우표를 붙이고 편지를 보내면 늦는다. 꽃 지기 전에 마음 전하는 길이 있다. 하얀 종이에 시를 써서 바람에 부치는 길.

#이기철노트마음은천리

멘델스존 듣는 아침

겨울이 오면 어찌하나

풍차는 돌고 물레방아는 얼어붙는데

노래의 날개는 시인을 찾아 길 떠나는데

뿌리들은 흙으로 깊어지고

생상스의 협주곡만 문턱을 넘는데

어찌하나

정월이 오면 음악도 얼어붙는데

부드러운 눈송이도 고드름이 되는데

1악장이 끝나는 동안

바람은 흰옷을 입고 프라하 쪽으로 불어 가는데

이 눈 그치면 3월이 오나

3월이 오면 버들가지에도 움이 돋나

사라사테의 간주곡은 꿀처럼 감미롭고

마른풀은 봄 쪽으로 귀를 여는데

론도는 흐르고

포도나무는 억센 가지를 봄 쪽으로 휘는데

1악장이 끝나는 동안

바람은 흰옷을 입고 프라하 쪽으로 불어 가는데

#이기철멘델스존듣는아침

시간은 누구의 편도 아니다

기차간에서 공항대기석에서 극장 간판 아래서
기다리는 사람아
기다리는 시간을 헛되다고 하지 마라

삼십 분, 한 시간, 그 시간에 당신은 사람의 표정을
　　읽고 가로수 아래를 지나는 계절을 만나고
　　아까 헤어진 사람의 이름과 그가 지었던 미소를
　　생각한다

시간은 누구의 편도 아니다 열 번 스무 번, 초침이
　　지나가는 동안 당신의 생각은 넓어지고 당신의
　　키는 커간다 사색이 호수같이 깊어진다

안 오는 사람을 기다리는 사람아, 기다리는 시간을
　　아깝다고 하지 마라, 기다림이 힘이니, 기다림이
　　있어 우린 살아 있는 것이니

맑은 날은 햇빛 아래 길을 나선다. 나비가 날아온다. 피하지
않는다. 나비와 내가 이렇게 가까워질 때가 있다니, 그럴 때는
외롭다는 말을 목 안에 잠근다. 발아래에는 어제 못 보았던
단추꽃이 핀다. 그러므로 오늘은 나 혼자가 아니다. 시가 오는
길목에 서서 손차양을 하고 기다린다. 이름 부를 수 없는 무엇이
가슴을 두드린다. 그의 두드림을 받아쓴다. 종이가 없으면
손바닥에 쓴다. 시간은 누구의 편도 아니라는 구절을.

#이기철노트시간은누구의편도아니다

아픈 사람을 위한 시

이마에 미열이 오르거든

손잡아 줄 사람이 온다고 생각해라

그가 오거든 기다렸다고

오래는 말고 하루만 내게서 쉬었다 가라고 달래 주어라

가슴이 뛰고 숨이 가쁘거든

먼 길 걸어 손님이 온다고 생각해라

그를 맞으면 신발을 받아 주고 외투를 받아 걸고

더운 물로 발을 씻겨 주어라

그가 더 가까이 오거든

이마를 맞대고 실로폰 소리보다 맑은 목소리로 말해
    주어라

누구든 조금씩 안 아픈 사람은 없다고

너와 함께 갈 수 있어 행복하다고

너와 동행하면서

모르던 풀이름 꽃이름을 함께 부르면

마음이 물소리처럼 맑아진다고

네가 차츰 체온을 낮추면

나의 하루가 들꽃처럼 행복해진다고

저녁이라는 말은 사람에게서 배운 말이다

나는 사람에게서 배운 말로

사람 사랑하는 시를 쓴다

#이기철저녁에게지붕을맡겼다

너 때문에 물그릇을 엎지른다

오늘은 그립다는 말을 부칠 주소를 오래 찾았다

그리움은 면도날에 베여도 피가 묻지 않아

새로 사 온 참빗으로 머리를 빗겨 주고

깃동이 고운 색동옷을 갈아입혔다

어젯밤 별이 맡겨 놓고 간 말을

네 옷소매에 달아 주고 싶은 날은

옛날 읽던 크리스티나 로세티의 시집 갈피에 싸

없는 네 주소로 동봉해 보낸다

말들이 지면 마음도 진다

안 아픈 마음이 아픈 마음을 달래는 밤에는

내 발이 물그릇을 자주 엎지른다

너 때문이다, 그러기에

저녁이슬은 지워지기 쉬운 너의 주소다

언제나 나는 최초라 생각하며
한 편의 시를 쓴다

흔들리다 흔들리다 돌아오는 중심이란

얼마나 아름다운가!

어제를 데리고 왔는데

어제가 어디론가 가고 없다

오전을 밟고 오후의 경사를 딛고

우리는 아직 쓰이지 않은

하루의 페이지 속으로 걸어간다

흰 종이와 연필을 잡았던 손이

살아오면서 한 번도 죄를 짓지 않은 손이

그 손이 받아쓰는 처음의 문장

부끄럽지만 그것이 내 시다

나는 언제나 최초의 말이라 생각하며

풀벌레 소리에도 묻혀 버리는

한 행의 말을 받아

사죄하듯, 사죄하듯

한 편의 시를 쓴다

아직 아무도 쓴 적 없는 깨끗한 말을 골라

병을 이기고 일어선 사람의 단추 끝에

달아 주기 위함이다

#이기철시를쓰는이유

휘경이

아픈 아이 휘경이를 안고

황급히 네거리를 뛰어 건너는 젊은 엄마를 보았다

가난한 동네 화양읍 LH아파트를 지날 때였다

어디가 아프기에 엄마는 저리도 황급할까

한쪽 신발은 벗겨진 채로 뛰어가는 엄마의 품에서

그 아이, 병원에 도착하자마자 눈을 뜨고

방긋이 웃었다고 한다

반가운 소식은 누구에게나 반갑고

슬픈 소식은 누구에게나 슬프다

어젯밤은 크리스마스의 눈이 내리고 있었다

서울 방학동 21층 아파트에서 불이 났다

서른의 아빠가 일곱 달 된 딸아기를 안고 4층에서
    뛰어내렸다

어른의 무게는 아이의 스무 배

체중을 못 이긴 아빠는 가고

아이는 어디에도 다친 데 없다고 한다

아빠의 죽음을 모른 채

그 아이도 휘경이처럼 강보에 싸여 방긋이 웃었을까

추위가 와서 처마들이 남쪽으로 기우는 날

방에 앉아 뉴스를 보는 가슴들은 모두

제 일인 양 안타까웠다

그래도 봄이 오면 얼음장을 녹이고

흙은 풀잎을 밀어 올릴 것이다

이 땅에는 비극을 이기고 수많은 휘경이가

태어나고 자라고 연필로

제 이름을 쓰며 어른으로 갈 것이다

국어사전

에스키모인에게는

눈을 부르는 말이 서른여섯, 얼음을 부르는 말이 마흔 종
  있다는데

그들에게도 배추 무라는 말이 있을까

상추 아욱을 뭐라고 부를까

국어사전을 한 장 한 장 넘기며 먼 곳의 새소릴 듣는다

새는 울음 하나가 사전이다

내 사전이 못 갖춘 말들이

새 울음에는 맨드라미 씨앗처럼 들어 있다

음악의 출생지인 새의 울음

올리비에 메시앙은 일생 새 울음만 악보에 옮겼다고 한다

말의 화석인 나의 국어사전

그것이 다 뜯겨나갈 때까지

나는 말을 찾아 헤맨다

옷이 닳고 신발이 다 닳을 때까지

마지막 페이지는 언제나 뜯지 않고 남아 있다

오늘은 헌 양복이나 수선해 와야겠다

아픈 새가 울 때마다
꽃이 많이 진다

이 길은 내가 서른 번째 오는 길
이 돌은 안 오는 사람 기다려 나 혼자 종일을 앉아 있던 돌

내 옷은 때 묻었지만
풀들의 옷은 새 옷이다

여름이 소낙비를 몰고 와도
지구가 자전을 멎을까 봐 염려하는 사람은 없다

잎 피는 일보다 더 마음 푸른 일은 없어
지는 잎을 지지 말라고 당부하지 않는다

헌 옷도 기워 입으면

새 옷이 된다기에

오늘은 닳은 신을 신고 저자에 가서

스무 해 입은 헌 양복이나 수선해 와야겠다

한 해의 약속

나리꽃 지기 전에 나리꽃이 남긴 마지막 말을 베껴
　　놓자

빌려주지 않은 마당을 나비 혼자 사용했다고
　　나비에게 삯을 내라 할 수는 없다

삼만 번째 오는 오늘이 조그맣게 당도하면 햇살이
　　참빗으로 머리를 빗겨 줄 것이다

열매 서른 개를 달려고 한 해를 뛰어왔던 앵두의 말과

건반을 두드리고 싶어 떨어지는 살구의 열매 소리도
　　베껴 놓자

나리꽃을 응원하던 개울물의 노래와

그의 팔에 붕대를 감아 주던 구름의 손가락과

꽃송이를 들고 견디느라 팔이 쳐진 나무의 어깨도
　　잊지 말자

한 해의 약속이란 삭은 실처럼 자주 끊어지는 것이라
　　해도

너무 아름다운 것은 슬픔입니다

굽이 많은 길에 꽃들이 더 많이 피어 있는 까닭을
이젠 조금 알 것 같습니다
한 시간만 더 놀다 가라고 꽃송이들이 햇빛을
　부여잡기 때문이지요

나의 기쁨이란 늘 조그맣고 여린 것이어서
아이와 엄마가 꽃삽을 들고 나가 심은 꽃이라면
이 풀과 저 꽃은 오누이가 아닐는지요

낙화가 되기 전엔, 저들은 헤어지지 말자고 햇살 아래
　뜨겁게 약속했을 것입니다

그것이 왜 내겐 슬픔으로 다가올까요?
그래도 거기라면 나는 서른 일곱 살이 되어
서른 날 서른 밤을 발가숭이로 그들과 함께 놀다 오고
　싶습니다

당신이 데리고 온 하루가 피곤하다고 말할 때, 당신의 신발에
묻은 삶의 세목들이 그만 가자고 조를 때, 당신은 그들의 머리를
쓰다듬어 준 적 있는가? 그에게 미안하다고 사과한 적 있는가?
슬픔이 다시 아름다움으로 태어날 때.

#이기철노트너무아름다운것은슬픔입니다

기다림은 왜 이렇게 잘 자랄까요

구름 몇 봉지 싸 그대에게 보냅니다

도착할 때까지 겉봉이 성할는지 염려도 함께
　　봉했습니다

바람이 산봉을 넘어 그대 지붕에 도착할 때까지

나는 마음을 동이고 또 동입니다

모시나비가 날개를 풀어 그대 문간까지 운반할 때까진

문밖까지 나와 손차양으로 길 모롱이를 바라지
　　않아도 됩니다

기다림은 어디에 뿌리를 두고 이렇게 잘 자랄까요

구름 페이지에 쓰인 마음을 읽으려면

먼저 매듭진 안부부터 풀어야 합니다

낙산구름은 올여름을 저당 잡히고

동쪽 바다에서 꾸어온 구름입니다

이만하면 8월 혹서는 무난하리라 믿습니다

시월엔 답장 한 통 단풍으로 보내 주세요

오늘 햇빛을 종이봉투에 담아 두면

칠흑 밤에도 어둡지 않으리라 믿습니다

기다림이 맨드라미 꽃대를 잘라 가도

바늘로 깁지 않고 그냥 두겠습니다

그대가 빛나면 나도 빛납니다. 발아래 초록이 돋고 나뭇가지에 새
노래하고 흐르는 물에 구름이 내려올 때 어디에 숨어 있던 마음이
발자국 소리도 없이 내게로 걸어올 때, 그것이 사랑 아닌가요?
색깔도 향기도 모를 마음 한 가닥, 그대를 향한 길 없는 길.

#이기철노트기다림은왜이렇게잘자랄까요

시인

옷도 주고 밥도 주지만

금방 떠오른 무지개 같은 말 한마디는 주지 않는다

애인에게도 자식에게도

눈으로 했던 약속처럼

오늘 밤엔 별이 스무 개는 더 뜰 것이다

어둠이 얼굴 흰 별들을 데리고

우리 집 지붕으로 놀러 오기 때문이다

별빛은 아무리 낭비해도 탕진이 없다

내 눈썹까지 달려온 별빛은

십만 광년이 걸렸다

그 빛을 아끼려고 금잔화가 입을 오문다

너를 기다려 창을 열어 놓은 오늘밤은

별이 스무 개는 더 뜰 것이다

너와 내가 밤의 언덕에서

손잡고 했던 언약처럼

짐짝

짐짝이면 어떻습니까

당신의 속속들이를 살필 수만 있다면

나는 즐겨 짐짝을 짊어지겠습니다

아프면 어때요

안 아프고야 누군들 세상 속을 걸으며

약속한 시간을 기다림으로 견딜 수 있나요

아픔의 체온을 잴 수 있어야

나쁜 세상을 지나 좋은 세상을 만날 수 있지요

눈물쯤이야 어떻겠어요

눈물의 온도에 손을 데어 보아야

가슴의 뜨거움을 말할 수 있지요

오늘은 좀 아프고 좀 무거워도

당신 곁으로 몇 발짝만 다가가 볼까 합니다

그대여, 나의 짐짝이여

부디 그 자리에 아픈 채 누워 계세요

나는 짐짝을 사랑하니까요

쌀 한 톨

쌀통을 열다가 쌀 한 톨을

바닥에 떨어뜨렸다

무심히 빗자루로 쓸어 마당에 버렸다

버려진 쌀이 검은 흙에서 제 몸을 반짝였다

가장 빛나는 한 해의 결실을

어린 개미가 물고 굴속으로 옮겨 간다

놓치면 다시 물고 떨어뜨리면 다시 안고

혼신을 다해 고인 물을 건너간다

나는 지금껏 글자 한 자보다

쌀 한 톨을 가벼이 여기는 죄를 지었다

그 쌀이 개미한테는 사흘치의 양식이 된다는 걸

나는 미처 몰랐다

그런 뒤 나는 개미굴을 지날 때마다

한 톨의 쌀을 개미굴 앞에

놓아두고 가는 것을 잊지 않는다

그것은 개미를 위해서가 아니라

나를 위해서다 내 마음의 안식을 위해서다

쌀 한 톨 놓아 주고

마음의 절 한 채 지어올리고 싶은

박꽃 같은 내 희원 때문이다

버려진 쌀 한 톨에서 나는

저녁 햇살 같은 절 한 채를 얻었다

쌀, 연탄, 부엌, 밥상, 숟가락, 접시, 쟁반, 보시기, 문 열면 들리는
실바람 소리, 눈을 씻으며 흐르는 도랑물, 그리고 귀에 익은 너의
이름, 불러도 싫증나지 않는 조그만 명사, 살아 있는 동안 내가
부르고 또 부를 이름들.

#이기철노트쌀한톨

나는 지금껏 글자 한 자보다

쌀 한 톨을 가벼이 여기는 죄를 지었다

#이기철쌀한톨

오늘에게 드리는 인사

이렇게 많은 꽃을 보내 주어서 고마워요

이렇게 예쁜 새 노래를 들려주어서 고마워요

숲이 즐거워하는 까닭을, 개울물이 노래를 부르는

이유를 이제 알겠어요

그것이 모두 오늘 때문이라는 걸

나는 너무 늦게 안 건 아닌지요

오늘 아니면 어떻게 넝쿨장미의 붉은 뺨과

저 환한 백합의 얼굴을

관람료도 안 내고 볼 수 있겠어요

유난히 새파란 하늘과 머리카락 고운 산들바람을

공짜로 만날 수 있겠어요

오늘은 밤이 틀림없이 새 별들을 데리고 올 테니

전에 없던 상냥한 인사말을 준비해 둬야겠어요

함께 있어 주어서 고마워요

오늘이여

꿈꾸는 사람이 시를 쓴다. 꿈꾸는 사람의 가슴에 핀 꽃은 제
빛깔의 말을 전한다. 사랑의 빛깔은 아마도 진홍일 것이다.
사랑을 너무 흔한 말이라 폄하하지 말자, 신라인이 쓰고 고려인이
썼던 그 말이 지금 우리의 말이다. 그리움의 옷을 입고 숨 쉬는
사랑. 높고 순하고 고결한 말 한마디, 그 말이 나를 등 두드려
오늘에게 인사를 드리라 한다. 나의 말인 나의 시로.

#이기철노트오늘에게드리는인사

가슴엔 부를 이름 있고
하늘은 어제보다 푸르다

#이기철행복

후기

한때 나는 햇빛으로 낯을 씻은 나무 사이를 하염없이 걸으며 덧없는 생각의 바느질에 시간을 맡긴 적이 있습니다.

지금도 나는 바람의 손가락이 꽃잎을 만지는 저 아득한 절정의 시간에 나를 탕진하는 시간이 있습니다. 그러나 가장 행복한 시간은 머리 위에 떨어지는 솜구름 한 쟁반으로도 하루가 행복해지는 시간을 가질 때입니다.

백지 한 장의 무게로도 하루가 지탱된다면 벌이(소득) 없는 삶 위에 무엇을 더 얹어야 자족(自足)에 닿겠습니까?

나를 절벽에 세워 두고 '너도 물방울처럼 저 아래의 바닥으로 뛰어내려 볼 생각은 없느냐' 물으면 나는 이내 고개를 모로 저으며 뒤돌아서는 나를 아프게 관찰해 보기도 합니다.

더 나은 인사로 독자 곁에 다가가고 싶지만 고작 이것뿐입니다. 차린 것 없는 밥상으로 귀빈을 모셔 놓고 혼자 일어서려니 맨발이 자꾸 저려 옵니다. 그늘진 자리에도 꽃은 향기로 피어난다는 믿음을 아직은 버리지 않았습니다.

나의 시 한 줄에 잠시라도 눈을 주시는 이를 위해 마음 다하겠습니다.

2024년 봄 이기철

가나다순 시 찾아보기

ㄱ / ㄴ / ㄷ / ㄹ

가슴이 백짓장 같은 사람 56
가을 부탁 33
가을에는 새 옷을 입고 싶다 78
개나리꽃 84
갠 날 아침 120
겨울 각북리 41
고요에게 말 걸다 40
국어사전 138
국화를 보며 77
그리움의 색동옷 14
극빈 105
근심을 지펴 밥을 짓는다 16
기다림은 왜 이렇게 잘 자랄
　까요 146
기다림은 초록 48
기다림이 있을 때가 살아 있는
　것이다 52
기쁨 62
꽃 72
꽃잎 비명(碑銘) 101

나무에게 103
나무의 본적 106
나비는 침략자 112

너 때문에 물그릇을 엎지른다 133
너무 아름다운 것은 슬픔입니다 144
눈으로 했던 약속처럼 150

단추꽃 80
등불 같은 이름 28

라일락이 피면 오세요 74

ㅁ / ㅂ / ㅅ

마음은 천 리 124
맑은 날 66
멘델스존 듣는 아침 126
목련 질 때 94

벼룩풀 곁에서 93
봄날은 백 겹 59
부엌에 시를 걸어 둔 사람 42
불을 끄고 별을 켠다 123

섬돌에 빗방울 34
세계에서 제일 예쁜 동네 104
숲 98
시가 아장아장 걸어올 때 88

시간은 누구의 편도 아니다 128
시를 쓰는 이유 46
시인 149
쌀 한 톨 152

ㅇ / ㅈ / ㅊ / ㅋ

아침나라 일기 26
아픈 사람을 위한 시 130
앵두꽃 86
어제오늘내일 31
언제나 나는 최초라 생각하며
　　한 편의 시를 쓴다 134
여름 한낮 82
오늘에게 드리는 인사 156
오늘은 헌 양복이나 수선해
　　와야겠다 140
오월이 온다는 것 44
유혹하고 싶은 날씨 39
의자의 충고 118

장미는 내가 피우지 않았다 92
저녁에게 지붕을 맡겼다 19
제비꽃, 봄 102
지구가 한 살이었을 때 117

짐짝 151

참 좋은 사람 하나 51
참깨꽃 핀 마을을 아무도 몰랐으면
　　좋겠다 71
채송화에게 주는 헌사 97
처음 온 오늘에겐 새 이름을 불러
　　주자 13
첫 햇살 36

ㅌ / ㅍ / ㅎ

풀들은 속옷이 아름답다 90
풀밭나라에서 안부를 20

하늘이라는 제목으로 시를 쓰고
　　싶었다 109
하루에 한 번만이라도 너의 삶을
　　칭찬해 주어라 22
한 해의 약속 142
행복 64
휘경이 136

오늘 햇살은 순금

초판 1쇄 발행 2024년 5월 3일
지은이　　이기철
펴낸이　　김형근
펴낸곳　　서울셀렉션㈜
편　집　　지태진
디자인　　정현영

등　록　　2003년 1월 28일(제1-3169호)
주　소　　서울시 종로구 삼청로 6 출판문화회관 지하 1층 (우110-190)
편집부　　전화 02-734-9567 팩스 02-734-9562
영업부　　전화 02-734-9565 팩스 02-734-9563
홈페이지　www.seoulselection.com

ISBN: 979-11-89809-68-3　03810